2021 - 2022

PLANNER

This planner belongs to:

_____

_____

_____

2021

CALENDAR

JANUARY

Mon	Tue	Wed	Thu	Fri	Sat	Sun
				1	2	3
4	5	6	7	8	9	10
11	12	13	14	15	16	17
18	19	20	21	22	23	24
25	26	27	28	29	30	31

FEBRUARY

Mon	Tue	Wed	Thu	Fri	Sat	Sun
1	2	3	4	5	6	7
8	9	10	11	12	13	14
15	16	17	18	19	20	21
22	23	24	25	26	27	28

MARCH

Mon	Tue	Wed	Thu	Fri	Sat	Sun
1	2	3	4	5	6	7
8	9	10	11	12	13	14
15	16	17	18	19	20	21
22	23	24	25	26	27	28
29	30	31				

APRIL

Mon	Tue	Wed	Thu	Fri	Sat	Sun
			1	2	3	4
5	6	7	8	9	10	11
12	13	14	15	16	17	18
19	20	21	22	23	24	25
26	27	28	29	30		

MAY

Mon	Tue	Wed	Thu	Fri	Sat	Sun
					1	2
3	4	5	6	7	8	9
10	11	12	13	14	15	16
17	18	19	20	21	22	23
24 / 31	25	26	27	28	29	30

JUNE

Mon	Tue	Wed	Thu	Fri	Sat	Sun
	1	2	3	4	5	6
7	8	9	10	11	12	13
14	15	16	17	18	19	20
21	22	23	24	25	26	27
28	29	30				

JULY

Mon	Tue	Wed	Thu	Fri	Sat	Sun
			1	2	3	4
5	6	7	8	9	10	11
12	13	14	15	16	17	18
19	20	21	22	23	24	25
26	27	28	29	30	31	

AUGUST

Mon	Tue	Wed	Thu	Fri	Sat	Sun
						1
2	3	4	5	6	7	8
9	10	11	12	13	14	15
16	17	18	19	20	21	22
23 / 30	24 / 31	25	26	27	28	29

SEPTEMBER

Mon	Tue	Wed	Thu	Fri	Sat	Sun
		1	2	3	4	5
6	7	8	9	10	11	12
13	14	15	16	17	18	19
20	21	22	23	24	25	26
27	28	29	30			

OCTOBER

Mon	Tue	Wed	Thu	Fri	Sat	Sun
				1	2	3
4	5	6	7	8	9	10
11	12	13	14	15	16	17
18	19	20	21	22	23	24
25	26	27	28	29	30	31

NOVEMBER

Mon	Tue	Wed	Thu	Fri	Sat	Sun
1	2	3	4	5	6	7
8	9	10	11	12	13	14
15	16	17	18	19	20	21
22	23	24	25	26	27	28
29	30					

DECEMBER

Mon	Tue	Wed	Thu	Fri	Sat	Sun
		1	2	3	4	5
6	7	8	9	10	11	12
13	14	15	16	17	18	19
20	21	22	23	24	25	26
27	28	29	30	31		

2022
CALENDAR

JANUARY

Mon	Tue	Wed	Thu	Fri	Sat	Sun
					1	2
3	4	5	6	7	8	9
10	11	12	13	14	15	16
17	18	19	20	21	22	23
24 / 31	25	26	27	28	29	30

FEBRUARY

Mon	Tue	Wed	Thu	Fri	Sat	Sun
	1	2	3	4	5	6
7	8	9	10	11	12	13
14	15	16	17	18	19	20
21	22	23	24	25	26	27
28						

MARCH

Mon	Tue	Wed	Thu	Fri	Sat	Sun
	1	2	3	4	5	6
7	8	9	10	11	12	13
14	15	16	17	18	19	20
21	22	23	24	25	26	27
28	29	30	31			

APRIL

Mon	Tue	Wed	Thu	Fri	Sat	Sun
				1	2	3
4	5	6	7	8	9	10
11	12	13	14	15	16	17
18	19	20	21	22	23	24
25	26	27	28	29	30	

MAY

Mon	Tue	Wed	Thu	Fri	Sat	Sun
						1
2	3	4	5	6	7	8
9	10	11	12	13	14	15
16	17	18	19	20	21	22
23 / 30	24 / 31	25	26	27	28	29

JUNE

Mon	Tue	Wed	Thu	Fri	Sat	Sun
		1	2	3	4	5
6	7	8	9	10	11	12
13	14	15	16	17	18	19
20	21	22	23	24	25	26
27	28	29	30			

JULY

Mon	Tue	Wed	Thu	Fri	Sat	Sun
				1	2	3
4	5	6	7	8	9	10
11	12	13	14	15	16	17
18	19	20	21	22	23	24
25	26	27	28	29	30	31

AUGUST

Mon	Tue	Wed	Thu	Fri	Sat	Sun
1	2	3	4	5	6	7
8	9	10	11	12	13	14
15	16	17	18	19	20	21
22	23	24	25	26	27	28
29	30	31				

SEPTEMBER

Mon	Tue	Wed	Thu	Fri	Sat	Sun
			1	2	3	4
5	6	7	8	9	10	11
12	13	14	15	16	17	18
19	20	21	22	23	24	25
26	27	28	29	30		

OCTOBER

Mon	Tue	Wed	Thu	Fri	Sat	Sun
					1	2
3	4	5	6	7	8	9
10	11	12	13	14	15	16
17	18	19	20	21	22	23
24 / 31	25	26	27	28	29	30

NOVEMBER

Mon	Tue	Wed	Thu	Fri	Sat	Sun
	1	2	3	4	5	6
7	8	9	10	11	12	13
14	15	16	17	18	19	20
21	22	23	24	25	26	27
28	29	30				

DECEMBER

Mon	Tue	Wed	Thu	Fri	Sat	Sun
			1	2	3	4
5	6	7	8	9	10	11
12	13	14	15	16	17	18
19	20	21	22	23	24	25
26	27	28	29	30	31	

Weekly Planner

DATE: _____

MONDAY

TUESDAY

WEDNESDAY

THURSDAY

FRIDAY

SATURDAY

SUNDAY

TO DO LIST

- ☑ _____
- ☐ _____
- ☐ _____
- ☐ _____
- ☐ _____
- ☐ _____
- ☐ _____
- ☐ _____

IMPORTANT:

NOTES:

DATE: _____

Weekly Planner

MONDAY

TUESDAY

WEDNESDAY

THURSDAY

FRIDAY

SATURDAY

SUNDAY

TO DO LIST

- ☑ _____
- ☐ _____
- ☐ _____
- ☐ _____
- ☐ _____
- ☐ _____
- ☐ _____
- ☐ _____

IMPORTANT:

NOTES:

_____
_____
_____
_____
_____
_____
_____
_____
_____
_____
_____

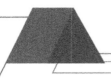

Weekly Planner

DATE: _____

MONDAY

TUESDAY

WEDNESDAY

THURSDAY

FRIDAY

SATURDAY

SUNDAY

TO DO LIST

- ☑ _____
- ☐ _____
- ☐ _____
- ☐ _____
- ☐ _____
- ☐ _____
- ☐ _____
- ☐ _____

IMPORTANT:

NOTES:

Weekly Planner

DATE: _____

MONDAY

TUESDAY

WEDNESDAY

THURSDAY

FRIDAY

SATURDAY

SUNDAY

TO DO LIST

- ☑ _____
- ☐ _____
- ☐ _____
- ☐ _____
- ☐ _____
- ☐ _____
- ☐ _____
- ☐ _____

IMPORTANT:

NOTES:

Weekly Planner

DATE: _____

MONDAY

TUESDAY

WEDNESDAY

THURSDAY

FRIDAY

SATURDAY

SUNDAY

TO DO LIST

- ☑ _____
- ☐ _____
- ☐ _____
- ☐ _____
- ☐ _____
- ☐ _____
- ☐ _____
- ☐ _____

IMPORTANT:

NOTES:

_____
_____
_____
_____
_____
_____
_____
_____
_____
_____
_____

Weekly Planner

DATE: _____

MONDAY

TUESDAY

WEDNESDAY

THURSDAY

FRIDAY

SATURDAY

SUNDAY

TO DO LIST

- ☑ _____
- ☐ _____
- ☐ _____
- ☐ _____
- ☐ _____
- ☐ _____
- ☐ _____
- ☐ _____

IMPORTANT:

NOTES:

_____
_____
_____
_____
_____
_____
_____
_____
_____
_____
_____

DATE: _____

Weekly Planner

MONDAY

TUESDAY

WEDNESDAY

THURSDAY

FRIDAY

SATURDAY

SUNDAY

TO DO LIST

- ☑ _____
- ☐ _____
- ☐ _____
- ☐ _____
- ☐ _____
- ☐ _____
- ☐ _____
- ☐ _____

IMPORTANT:

NOTES:

Weekly Planner

DATE: _____

MONDAY

TUESDAY

WEDNESDAY

THURSDAY

FRIDAY

SATURDAY

SUNDAY

TO DO LIST

- ☑ _____
- ☐ _____
- ☐ _____
- ☐ _____
- ☐ _____
- ☐ _____
- ☐ _____
- ☐ _____

IMPORTANT:

NOTES:

_____
_____
_____
_____
_____
_____
_____
_____
_____
_____
_____

Weekly Planner

DATE: _____

MONDAY

TUESDAY

WEDNESDAY

THURSDAY

FRIDAY

SATURDAY

SUNDAY

TO DO LIST

- ☑ _____
- ☐ _____
- ☐ _____
- ☐ _____
- ☐ _____
- ☐ _____
- ☐ _____
- ☐ _____

IMPORTANT:

NOTES:

DATE: _____

Weekly Planner

MONDAY

TUESDAY

WEDNESDAY

THURSDAY

FRIDAY

SATURDAY

SUNDAY

TO DO LIST

- ☑ _____
- ☐ _____
- ☐ _____
- ☐ _____
- ☐ _____
- ☐ _____
- ☐ _____
- ☐ _____

IMPORTANT:

NOTES:

_____
_____
_____
_____
_____
_____
_____
_____
_____
_____
_____

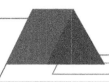

Weekly Planner

DATE: _____

MONDAY

TUESDAY

WEDNESDAY

THURSDAY

FRIDAY

SATURDAY

SUNDAY

TO DO LIST

- ☑ _____
- ☐ _____
- ☐ _____
- ☐ _____
- ☐ _____
- ☐ _____
- ☐ _____
- ☐ _____

IMPORTANT:

NOTES:

_____
_____
_____
_____
_____
_____
_____
_____
_____
_____
_____

Weekly Planner

DATE: _____

MONDAY

TUESDAY

WEDNESDAY

THURSDAY

FRIDAY

SATURDAY

SUNDAY

TO DO LIST

- ☑ _____
- ☐ _____
- ☐ _____
- ☐ _____
- ☐ _____
- ☐ _____
- ☐ _____
- ☐ _____

IMPORTANT:

NOTES:

Weekly Planner

DATE: _____

MONDAY

TUESDAY

WEDNESDAY

THURSDAY

FRIDAY

SATURDAY

SUNDAY

TO DO LIST

- ☑ _____
- ☐ _____
- ☐ _____
- ☐ _____
- ☐ _____
- ☐ _____
- ☐ _____
- ☐ _____

IMPORTANT:

NOTES:

_____
_____
_____
_____
_____
_____
_____
_____
_____
_____
_____
_____

Weekly Planner

DATE: _____

MONDAY

TUESDAY

WEDNESDAY

THURSDAY

FRIDAY

SATURDAY

SUNDAY

TO DO LIST

- ☑ _____
- ☐ _____
- ☐ _____
- ☐ _____
- ☐ _____
- ☐ _____
- ☐ _____
- ☐ _____

IMPORTANT:

NOTES:

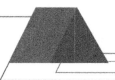

Weekly Planner

DATE: _____

MONDAY

TUESDAY

WEDNESDAY

THURSDAY

FRIDAY

SATURDAY

SUNDAY

TO DO LIST

- ☑ _____
- ☐ _____
- ☐ _____
- ☐ _____
- ☐ _____
- ☐ _____
- ☐ _____
- ☐ _____

IMPORTANT:

NOTES:

Weekly Planner

MONDAY

TUESDAY

WEDNESDAY

THURSDAY

FRIDAY

SATURDAY

SUNDAY

TO DO LIST

- ☑ _____
- ☐ _____
- ☐ _____
- ☐ _____
- ☐ _____
- ☐ _____
- ☐ _____
- ☐ _____

IMPORTANT:

NOTES:

Weekly Planner

DATE:

MONDAY

TUESDAY

WEDNESDAY

THURSDAY

FRIDAY

SATURDAY

SUNDAY

TO DO LIST

- ☑ _____
- ☐ _____
- ☐ _____
- ☐ _____
- ☐ _____
- ☐ _____
- ☐ _____
- ☐ _____

IMPORTANT:

NOTES:

Weekly Planner

DATE: _____

MONDAY

TUESDAY

WEDNESDAY

THURSDAY

FRIDAY

SATURDAY

SUNDAY

TO DO LIST

- ☑ _____
- ☐ _____
- ☐ _____
- ☐ _____
- ☐ _____
- ☐ _____
- ☐ _____
- ☐ _____

IMPORTANT:

NOTES:

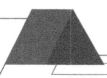

Weekly Planner

DATE: _____

MONDAY

TUESDAY

WEDNESDAY

THURSDAY

FRIDAY

SATURDAY

SUNDAY

TO DO LIST

- ☑ _____
- ☐ _____
- ☐ _____
- ☐ _____
- ☐ _____
- ☐ _____
- ☐ _____
- ☐ _____

IMPORTANT:

NOTES:

Weekly Planner

DATE: _____

MONDAY

SUNDAY

TUESDAY

TO DO LIST

- ☑ _____
- ☐ _____
- ☐ _____
- ☐ _____
- ☐ _____
- ☐ _____
- ☐ _____
- ☐ _____

WEDNESDAY

THURSDAY

IMPORTANT:

FRIDAY

NOTES:

SATURDAY

Weekly Planner

DATE: _____

MONDAY

TUESDAY

WEDNESDAY

THURSDAY

FRIDAY

SATURDAY

SUNDAY

TO DO LIST

- [x] _____
- [ ] _____
- [ ] _____
- [ ] _____
- [ ] _____
- [ ] _____
- [ ] _____
- [ ] _____

IMPORTANT:

NOTES:

_____
_____
_____
_____
_____
_____
_____
_____
_____
_____
_____
_____

Weekly Planner

DATE: _____

MONDAY

TUESDAY

WEDNESDAY

THURSDAY

FRIDAY

SATURDAY

SUNDAY

TO DO LIST

- ☑ _____
- ☐ _____
- ☐ _____
- ☐ _____
- ☐ _____
- ☐ _____
- ☐ _____
- ☐ _____

IMPORTANT:

NOTES:

_____
_____
_____
_____
_____
_____
_____
_____
_____
_____
_____

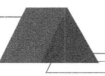

Weekly Planner

DATE: _____

MONDAY

TUESDAY

WEDNESDAY

THURSDAY

FRIDAY

SATURDAY

SUNDAY

TO DO LIST

☑ _____
☐ _____
☐ _____
☐ _____
☐ _____
☐ _____
☐ _____
☐ _____

IMPORTANT:

NOTES:

Weekly Planner

DATE: _____

MONDAY

TUESDAY

WEDNESDAY

THURSDAY

FRIDAY

SATURDAY

SUNDAY

TO DO LIST

- ☑ _____
- ☐ _____
- ☐ _____
- ☐ _____
- ☐ _____
- ☐ _____
- ☐ _____
- ☐ _____

IMPORTANT:

NOTES:

_____
_____
_____
_____
_____
_____
_____
_____
_____
_____
_____
_____

Weekly Planner

MONDAY

TUESDAY

WEDNESDAY

THURSDAY

FRIDAY

SATURDAY

SUNDAY

TO DO LIST

- ☑ _____
- ☐ _____
- ☐ _____
- ☐ _____
- ☐ _____
- ☐ _____
- ☐ _____
- ☐ _____

IMPORTANT:

NOTES:

Weekly Planner

DATE:

MONDAY

TUESDAY

WEDNESDAY

THURSDAY

FRIDAY

SATURDAY

SUNDAY

TO DO LIST

- ☑ _____
- ☐ _____
- ☐ _____
- ☐ _____
- ☐ _____
- ☐ _____
- ☐ _____
- ☐ _____

IMPORTANT:

NOTES:

Weekly Planner

DATE: _____

MONDAY

TUESDAY

WEDNESDAY

THURSDAY

FRIDAY

SATURDAY

SUNDAY

TO DO LIST

- ☑ _____
- ☐ _____
- ☐ _____
- ☐ _____
- ☐ _____
- ☐ _____
- ☐ _____
- ☐ _____

IMPORTANT:

NOTES:

DATE: _____

MONDAY

TUESDAY

WEDNESDAY

THURSDAY

FRIDAY

SATURDAY

SUNDAY

TO DO LIST

- ☑ _____
- ☐ _____
- ☐ _____
- ☐ _____
- ☐ _____
- ☐ _____
- ☐ _____
- ☐ _____

IMPORTANT:

NOTES:

Weekly Planner

MONDAY

TUESDAY

WEDNESDAY

THURSDAY

FRIDAY

SATURDAY

SUNDAY

TO DO LIST

- ☑ _____
- ☐ _____
- ☐ _____
- ☐ _____
- ☐ _____
- ☐ _____
- ☐ _____
- ☐ _____

IMPORTANT:

NOTES:

Weekly Planner

DATE: _____

MONDAY

TUESDAY

WEDNESDAY

THURSDAY

FRIDAY

SATURDAY

SUNDAY

<u>TO DO LIST</u>

☑ _____
☐ _____
☐ _____
☐ _____
☐ _____
☐ _____
☐ _____
☐ _____

IMPORTANT:

<u>NOTES:</u>

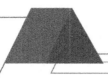

Weekly Planner

DATE: _____

MONDAY

SUNDAY

TUESDAY

TO DO LIST

- ☑ _____
- ☐ _____
- ☐ _____
- ☐ _____
- ☐ _____
- ☐ _____
- ☐ _____
- ☐ _____

WEDNESDAY

IMPORTANT:

THURSDAY

NOTES:

FRIDAY

SATURDAY

DATE: _____

Weekly Planner

MONDAY

TUESDAY

WEDNESDAY

THURSDAY

FRIDAY

SATURDAY

SUNDAY

TO DO LIST

- ☑ _____
- ☐ _____
- ☐ _____
- ☐ _____
- ☐ _____
- ☐ _____
- ☐ _____
- ☐ _____

IMPORTANT:

NOTES:

_____
_____
_____
_____
_____
_____
_____
_____
_____
_____
_____
_____
_____

DATE: _____

Weekly Planner

MONDAY

TUESDAY

WEDNESDAY

THURSDAY

FRIDAY

SATURDAY

SUNDAY

TO DO LIST

- ☑ _____
- ☐ _____
- ☐ _____
- ☐ _____
- ☐ _____
- ☐ _____
- ☐ _____
- ☐ _____

IMPORTANT:

NOTES:

DATE: _____

Weekly Planner

MONDAY

TUESDAY

WEDNESDAY

THURSDAY

FRIDAY

SATURDAY

SUNDAY

<u>TO DO LIST</u>

- ☑ _____
- ☐ _____
- ☐ _____
- ☐ _____
- ☐ _____
- ☐ _____
- ☐ _____
- ☐ _____

IMPORTANT:

<u>NOTES:</u>

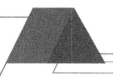

Weekly Planner

DATE:

MONDAY

TUESDAY

WEDNESDAY

THURSDAY

FRIDAY

SATURDAY

SUNDAY

TO DO LIST

- ☑ _____
- ☐ _____
- ☐ _____
- ☐ _____
- ☐ _____
- ☐ _____
- ☐ _____
- ☐ _____

IMPORTANT:

NOTES:

DATE:

Weekly Planner

MONDAY

TUESDAY

WEDNESDAY

THURSDAY

FRIDAY

SATURDAY

SUNDAY

TO DO LIST

- ☑ _____
- ☐ _____
- ☐ _____
- ☐ _____
- ☐ _____
- ☐ _____
- ☐ _____
- ☐ _____

IMPORTANT:

NOTES:

DATE: _____

Weekly Planner

MONDAY

TUESDAY

WEDNESDAY

THURSDAY

FRIDAY

SATURDAY

SUNDAY

TO DO LIST

- ☑ _____
- ☐ _____
- ☐ _____
- ☐ _____
- ☐ _____
- ☐ _____
- ☐ _____
- ☐ _____

IMPORTANT:

NOTES:

_____
_____
_____
_____
_____
_____
_____
_____
_____
_____
_____
_____

Weekly Planner

DATE: _____

MONDAY

TUESDAY

WEDNESDAY

THURSDAY

FRIDAY

SATURDAY

SUNDAY

TO DO LIST

- ☑ _____
- ☐ _____
- ☐ _____
- ☐ _____
- ☐ _____
- ☐ _____
- ☐ _____
- ☐ _____

IMPORTANT:

NOTES:

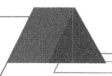

Weekly Planner

DATE: _____

MONDAY

TUESDAY

WEDNESDAY

THURSDAY

FRIDAY

SATURDAY

SUNDAY

TO DO LIST

- ☑ _____
- ☐ _____
- ☐ _____
- ☐ _____
- ☐ _____
- ☐ _____
- ☐ _____
- ☐ _____

IMPORTANT:

NOTES:

_____
_____
_____
_____
_____
_____
_____
_____
_____
_____
_____

DATE: _____

MONDAY

TUESDAY

WEDNESDAY

THURSDAY

FRIDAY

SATURDAY

SUNDAY

TO DO LIST

- ☑ _____
- ☐ _____
- ☐ _____
- ☐ _____
- ☐ _____
- ☐ _____
- ☐ _____
- ☐ _____

IMPORTANT:

NOTES:

Weekly Planner

DATE:

MONDAY

TUESDAY

WEDNESDAY

THURSDAY

FRIDAY

SATURDAY

SUNDAY

TO DO LIST

- [x] _____
- [ ] _____
- [ ] _____
- [ ] _____
- [ ] _____
- [ ] _____
- [ ] _____
- [ ] _____

IMPORTANT:

NOTES:

Weekly Planner

DATE: _____

MONDAY

TUESDAY

WEDNESDAY

THURSDAY

FRIDAY

SATURDAY

SUNDAY

TO DO LIST

- ☑ _____
- ☐ _____
- ☐ _____
- ☐ _____
- ☐ _____
- ☐ _____
- ☐ _____
- ☐ _____

IMPORTANT:

NOTES:

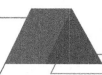

Weekly Planner

DATE: _____

MONDAY

TUESDAY

WEDNESDAY

THURSDAY

FRIDAY

SATURDAY

SUNDAY

TO DO LIST

- ☑ _____
- ☐ _____
- ☐ _____
- ☐ _____
- ☐ _____
- ☐ _____
- ☐ _____
- ☐ _____

IMPORTANT:

NOTES:

Weekly Planner

MONDAY

TUESDAY

WEDNESDAY

THURSDAY

FRIDAY

SATURDAY

SUNDAY

TO DO LIST

- ☑ _____
- ☐ _____
- ☐ _____
- ☐ _____
- ☐ _____
- ☐ _____
- ☐ _____
- ☐ _____

IMPORTANT:

NOTES:

Weekly Planner

MONDAY

TUESDAY

WEDNESDAY

THURSDAY

FRIDAY

SATURDAY

SUNDAY

TO DO LIST

- ☑ _____
- ☐ _____
- ☐ _____
- ☐ _____
- ☐ _____
- ☐ _____
- ☐ _____
- ☐ _____

IMPORTANT:

NOTES:

Weekly Planner

DATE: _____

MONDAY

TUESDAY

WEDNESDAY

THURSDAY

FRIDAY

SATURDAY

SUNDAY

TO DO LIST

- ☑ _____
- ☐ _____
- ☐ _____
- ☐ _____
- ☐ _____
- ☐ _____
- ☐ _____
- ☐ _____

IMPORTANT:

NOTES:

_____
_____
_____
_____
_____
_____
_____
_____
_____
_____
_____

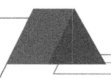

Weekly Planner

DATE: _____

MONDAY

TUESDAY

WEDNESDAY

THURSDAY

FRIDAY

SATURDAY

SUNDAY

TO DO LIST

- ☑ _____
- ☐ _____
- ☐ _____
- ☐ _____
- ☐ _____
- ☐ _____
- ☐ _____
- ☐ _____

IMPORTANT:

NOTES:

DATE:

Weekly Planner

MONDAY

TUESDAY

WEDNESDAY

THURSDAY

FRIDAY

SATURDAY

SUNDAY

TO DO LIST

- ☑ _____
- ☐ _____
- ☐ _____
- ☐ _____
- ☐ _____
- ☐ _____
- ☐ _____
- ☐ _____

IMPORTANT:

NOTES:

Weekly Planner

MONDAY

TUESDAY

WEDNESDAY

THURSDAY

FRIDAY

SATURDAY

SUNDAY

TO DO LIST

- [x] _____
- [ ] _____
- [ ] _____
- [ ] _____
- [ ] _____
- [ ] _____
- [ ] _____
- [ ] _____

IMPORTANT:

NOTES:

Weekly Planner

MONDAY

TUESDAY

WEDNESDAY

THURSDAY

FRIDAY

SATURDAY

SUNDAY

TO DO LIST

☑ _____
☐ _____
☐ _____
☐ _____
☐ _____
☐ _____
☐ _____
☐ _____

IMPORTANT:

NOTES:

Weekly Planner

DATE: _____

MONDAY

TUESDAY

WEDNESDAY

THURSDAY

FRIDAY

SATURDAY

SUNDAY

TO DO LIST

- ☑ _____
- ☐ _____
- ☐ _____
- ☐ _____
- ☐ _____
- ☐ _____
- ☐ _____
- ☐ _____

IMPORTANT:

NOTES:

Weekly Planner

DATE: _____

MONDAY

TUESDAY

WEDNESDAY

THURSDAY

FRIDAY

SATURDAY

SUNDAY

TO DO LIST

- ☑ _____
- ☐ _____
- ☐ _____
- ☐ _____
- ☐ _____
- ☐ _____
- ☐ _____
- ☐ _____

IMPORTANT:

NOTES:

Weekly Planner

MONDAY

TUESDAY

WEDNESDAY

THURSDAY

FRIDAY

SATURDAY

SUNDAY

TO DO LIST

- ☑ _____
- ☐ _____
- ☐ _____
- ☐ _____
- ☐ _____
- ☐ _____
- ☐ _____
- ☐ _____

IMPORTANT:

NOTES:

Weekly Planner

DATE: _____

MONDAY

TUESDAY

WEDNESDAY

THURSDAY

FRIDAY

SATURDAY

SUNDAY

TO DO LIST

- ☑ _____
- ☐ _____
- ☐ _____
- ☐ _____
- ☐ _____
- ☐ _____
- ☐ _____
- ☐ _____

IMPORTANT:

NOTES:

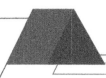

Weekly Planner

DATE: _____

MONDAY

TUESDAY

WEDNESDAY

THURSDAY

FRIDAY

SATURDAY

SUNDAY

TO DO LIST

- ☑ _____
- ☐ _____
- ☐ _____
- ☐ _____
- ☐ _____
- ☐ _____
- ☐ _____
- ☐ _____

IMPORTANT:

NOTES:

Weekly Planner

MONDAY

TUESDAY

WEDNESDAY

THURSDAY

FRIDAY

SATURDAY

SUNDAY

TO DO LIST

- [x] _____
- [ ] _____
- [ ] _____
- [ ] _____
- [ ] _____
- [ ] _____
- [ ] _____
- [ ] _____

IMPORTANT:

NOTES:

Weekly Planner

DATE: _____

MONDAY

TUESDAY

WEDNESDAY

THURSDAY

FRIDAY

SATURDAY

SUNDAY

TO DO LIST

- ☑ _____
- ☐ _____
- ☐ _____
- ☐ _____
- ☐ _____
- ☐ _____
- ☐ _____
- ☐ _____

IMPORTANT:

NOTES:

_____
_____
_____
_____
_____
_____
_____
_____
_____
_____
_____
_____

Weekly Planner

DATE:

MONDAY

TUESDAY

WEDNESDAY

THURSDAY

FRIDAY

SATURDAY

SUNDAY

TO DO LIST

- ☑ _____
- ☐ _____
- ☐ _____
- ☐ _____
- ☐ _____
- ☐ _____
- ☐ _____
- ☐ _____

IMPORTANT:

NOTES:

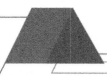

Weekly Planner

DATE: _____

MONDAY

TUESDAY

WEDNESDAY

THURSDAY

FRIDAY

SATURDAY

SUNDAY

TO DO LIST

- ☑ _____
- ☐ _____
- ☐ _____
- ☐ _____
- ☐ _____
- ☐ _____
- ☐ _____
- ☐ _____

IMPORTANT:

NOTES:

DATE: _____

MONDAY

TUESDAY

WEDNESDAY

THURSDAY

FRIDAY

SATURDAY

SUNDAY

TO DO LIST

- ☑ _____
- ☐ _____
- ☐ _____
- ☐ _____
- ☐ _____
- ☐ _____
- ☐ _____
- ☐ _____

IMPORTANT:

NOTES:

Weekly Planner

DATE:

MONDAY

TUESDAY

WEDNESDAY

THURSDAY

FRIDAY

SATURDAY

SUNDAY

TO DO LIST

- ☑ _____
- ☐ _____
- ☐ _____
- ☐ _____
- ☐ _____
- ☐ _____
- ☐ _____
- ☐ _____

IMPORTANT:

NOTES:

Weekly Planner

MONDAY

TUESDAY

WEDNESDAY

THURSDAY

FRIDAY

SATURDAY

SUNDAY

TO DO LIST

- ☑ _____
- ☐ _____
- ☐ _____
- ☐ _____
- ☐ _____
- ☐ _____
- ☐ _____
- ☐ _____

IMPORTANT:

NOTES:

Weekly Planner

DATE: _____

MONDAY

TUESDAY

WEDNESDAY

THURSDAY

FRIDAY

SATURDAY

SUNDAY

TO DO LIST

- ☑ _____
- ☐ _____
- ☐ _____
- ☐ _____
- ☐ _____
- ☐ _____
- ☐ _____
- ☐ _____

IMPORTANT:

NOTES:

Weekly Planner

DATE: _____

MONDAY

TUESDAY

WEDNESDAY

THURSDAY

FRIDAY

SATURDAY

SUNDAY

TO DO LIST

- ☑ _____
- ☐ _____
- ☐ _____
- ☐ _____
- ☐ _____
- ☐ _____
- ☐ _____
- ☐ _____

IMPORTANT:

NOTES:

Weekly Planner

DATE: _____

MONDAY

TUESDAY

WEDNESDAY

THURSDAY

FRIDAY

SATURDAY

SUNDAY

TO DO LIST

- ☑ _____
- ☐ _____
- ☐ _____
- ☐ _____
- ☐ _____
- ☐ _____
- ☐ _____
- ☐ _____

IMPORTANT:

NOTES:

_____
_____
_____
_____
_____
_____
_____
_____
_____
_____
_____

DATE: _____

Weekly Planner

MONDAY

TUESDAY

WEDNESDAY

THURSDAY

FRIDAY

SATURDAY

SUNDAY

TO DO LIST

- ☑ _____
- ☐ _____
- ☐ _____
- ☐ _____
- ☐ _____
- ☐ _____
- ☐ _____
- ☐ _____

IMPORTANT:

NOTES:

_____
_____
_____
_____
_____
_____
_____
_____
_____
_____
_____
_____

DATE: _____

Weekly Planner

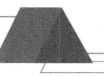

MONDAY

TUESDAY

WEDNESDAY

THURSDAY

FRIDAY

SATURDAY

SUNDAY

TO DO LIST

- ☑ _____
- ☐ _____
- ☐ _____
- ☐ _____
- ☐ _____
- ☐ _____
- ☐ _____
- ☐ _____

IMPORTANT:

NOTES:

_____
_____
_____
_____
_____
_____
_____
_____
_____
_____
_____

Weekly Planner

DATE: _____

MONDAY

TUESDAY

WEDNESDAY

THURSDAY

FRIDAY

SATURDAY

SUNDAY

TO DO LIST

- ☑ _____
- ☐ _____
- ☐ _____
- ☐ _____
- ☐ _____
- ☐ _____
- ☐ _____
- ☐ _____

IMPORTANT:

NOTES:

_____
_____
_____
_____
_____
_____
_____
_____
_____
_____
_____

DATE: _____

Weekly Planner

MONDAY

TUESDAY

WEDNESDAY

THURSDAY

FRIDAY

SATURDAY

SUNDAY

TO DO LIST

☑ _____
☐ _____
☐ _____
☐ _____
☐ _____
☐ _____
☐ _____
☐ _____

IMPORTANT:

NOTES:

_____
_____
_____
_____
_____
_____
_____
_____
_____
_____
_____

Weekly Planner

DATE: _____

MONDAY

TUESDAY

WEDNESDAY

THURSDAY

FRIDAY

SATURDAY

SUNDAY

TO DO LIST

- ☑ _____
- ☐ _____
- ☐ _____
- ☐ _____
- ☐ _____
- ☐ _____
- ☐ _____
- ☐ _____

IMPORTANT:

NOTES:

_____
_____
_____
_____
_____
_____
_____
_____
_____
_____

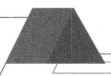

Weekly Planner

DATE: _____

MONDAY

TUESDAY

WEDNESDAY

THURSDAY

FRIDAY

SATURDAY

SUNDAY

TO DO LIST

☑ _____
☐ _____
☐ _____
☐ _____
☐ _____
☐ _____
☐ _____
☐ _____

IMPORTANT:

NOTES:

_____
_____
_____
_____
_____
_____
_____
_____
_____
_____

DATE: _____

MONDAY

TUESDAY

WEDNESDAY

THURSDAY

FRIDAY

SATURDAY

SUNDAY

TO DO LIST

- ☑ _____
- ☐ _____
- ☐ _____
- ☐ _____
- ☐ _____
- ☐ _____
- ☐ _____
- ☐ _____

IMPORTANT:

NOTES:

Weekly Planner

MONDAY

TUESDAY

WEDNESDAY

THURSDAY

FRIDAY

SATURDAY

SUNDAY

TO DO LIST

- ☑ _____
- ☐ _____
- ☐ _____
- ☐ _____
- ☐ _____
- ☐ _____
- ☐ _____
- ☐ _____

IMPORTANT:

NOTES:

Weekly Planner

DATE: _____

MONDAY

TUESDAY

WEDNESDAY

THURSDAY

FRIDAY

SATURDAY

SUNDAY

TO DO LIST

- ☑ _____
- ☐ _____
- ☐ _____
- ☐ _____
- ☐ _____
- ☐ _____
- ☐ _____
- ☐ _____

IMPORTANT:

NOTES:

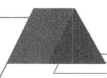

Weekly Planner

DATE: _____

MONDAY

TUESDAY

WEDNESDAY

THURSDAY

FRIDAY

SATURDAY

SUNDAY

TO DO LIST

☑ _____
☐ _____
☐ _____
☐ _____
☐ _____
☐ _____
☐ _____
☐ _____

IMPORTANT:

NOTES:
_____
_____
_____
_____
_____
_____
_____
_____
_____
_____
_____

Weekly Planner

DATE: _____

MONDAY

TUESDAY

WEDNESDAY

THURSDAY

FRIDAY

SATURDAY

SUNDAY

TO DO LIST

- ☑ _____
- ☐ _____
- ☐ _____
- ☐ _____
- ☐ _____
- ☐ _____
- ☐ _____
- ☐ _____

IMPORTANT:

NOTES:

Weekly Planner

MONDAY

TUESDAY

WEDNESDAY

THURSDAY

FRIDAY

SATURDAY

SUNDAY

TO DO LIST

- [x] _____
- [ ] _____
- [ ] _____
- [ ] _____
- [ ] _____
- [ ] _____
- [ ] _____
- [ ] _____

IMPORTANT:

NOTES:

DATE: _____

Weekly Planner

MONDAY

TUESDAY

WEDNESDAY

THURSDAY

FRIDAY

SATURDAY

SUNDAY

TO DO LIST

- ☑ _____
- ☐ _____
- ☐ _____
- ☐ _____
- ☐ _____
- ☐ _____
- ☐ _____
- ☐ _____

IMPORTANT:

NOTES:

_____
_____
_____
_____
_____
_____
_____
_____
_____
_____
_____

Weekly Planner

DATE: _____

MONDAY

TUESDAY

WEDNESDAY

THURSDAY

FRIDAY

SATURDAY

SUNDAY

TO DO LIST

- ☑ _____
- ☐ _____
- ☐ _____
- ☐ _____
- ☐ _____
- ☐ _____
- ☐ _____
- ☐ _____

IMPORTANT:

NOTES:

Weekly Planner

MONDAY

TUESDAY

WEDNESDAY

THURSDAY

FRIDAY

SATURDAY

SUNDAY

TO DO LIST

- ☑ _____
- ☐ _____
- ☐ _____
- ☐ _____
- ☐ _____
- ☐ _____
- ☐ _____
- ☐ _____

IMPORTANT:

NOTES:

Weekly Planner

MONDAY

TUESDAY

WEDNESDAY

THURSDAY

FRIDAY

SATURDAY

SUNDAY

TO DO LIST

- ☑ _____
- ☐ _____
- ☐ _____
- ☐ _____
- ☐ _____
- ☐ _____
- ☐ _____
- ☐ _____

IMPORTANT:

NOTES:

Weekly Planner

DATE: _____

MONDAY

TUESDAY

WEDNESDAY

THURSDAY

FRIDAY

SATURDAY

SUNDAY

TO DO LIST

- ☑ _____
- ☐ _____
- ☐ _____
- ☐ _____
- ☐ _____
- ☐ _____
- ☐ _____
- ☐ _____

IMPORTANT:

NOTES:

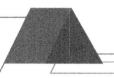

Weekly Planner

DATE: _____

MONDAY

TUESDAY

WEDNESDAY

THURSDAY

FRIDAY

SATURDAY

SUNDAY

<u>TO DO LIST</u>

- ☑ _____
- ☐ _____
- ☐ _____
- ☐ _____
- ☐ _____
- ☐ _____
- ☐ _____
- ☐ _____

IMPORTANT:

<u>NOTES:</u>

DATE: _____

Weekly Planner

MONDAY

TUESDAY

WEDNESDAY

THURSDAY

FRIDAY

SATURDAY

SUNDAY

TO DO LIST

- ☑ _____
- ☐ _____
- ☐ _____
- ☐ _____
- ☐ _____
- ☐ _____
- ☐ _____
- ☐ _____

IMPORTANT:

NOTES:

Weekly Planner

DATE:

MONDAY

TUESDAY

WEDNESDAY

THURSDAY

FRIDAY

SATURDAY

SUNDAY

TO DO LIST

- ☑ _____
- ☐ _____
- ☐ _____
- ☐ _____
- ☐ _____
- ☐ _____
- ☐ _____
- ☐ _____

IMPORTANT:

NOTES:

DATE: _____

Weekly Planner

MONDAY

SUNDAY

TUESDAY

TO DO LIST
- [x] _____
- [ ] _____
- [ ] _____
- [ ] _____
- [ ] _____
- [ ] _____
- [ ] _____
- [ ] _____

WEDNESDAY

THURSDAY

IMPORTANT:

NOTES:

FRIDAY

SATURDAY

Weekly Planner

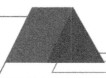

DATE: _____

MONDAY

TUESDAY

WEDNESDAY

THURSDAY

FRIDAY

SATURDAY

SUNDAY

TO DO LIST

- ☑ _____
- ☐ _____
- ☐ _____
- ☐ _____
- ☐ _____
- ☐ _____
- ☐ _____
- ☐ _____

IMPORTANT:

NOTES:

Weekly Planner

DATE: _____

MONDAY

TUESDAY

WEDNESDAY

THURSDAY

FRIDAY

SATURDAY

SUNDAY

TO DO LIST

- ☑ _____
- ☐ _____
- ☐ _____
- ☐ _____
- ☐ _____
- ☐ _____
- ☐ _____
- ☐ _____

IMPORTANT:

NOTES:

Weekly Planner

DATE:

MONDAY

TUESDAY

WEDNESDAY

THURSDAY

FRIDAY

SATURDAY

SUNDAY

TO DO LIST

- [x] _____
- [ ] _____
- [ ] _____
- [ ] _____
- [ ] _____
- [ ] _____
- [ ] _____
- [ ] _____

IMPORTANT:

NOTES:

DATE: _____

Weekly Planner

MONDAY

TUESDAY

WEDNESDAY

THURSDAY

FRIDAY

SATURDAY

SUNDAY

TO DO LIST

☑ _____
☐ _____
☐ _____
☐ _____
☐ _____
☐ _____
☐ _____
☐ _____

IMPORTANT:

NOTES:

_____
_____
_____
_____
_____
_____
_____
_____
_____
_____
_____

Weekly Planner

DATE: _____

MONDAY

TUESDAY

WEDNESDAY

THURSDAY

FRIDAY

SATURDAY

SUNDAY

TO DO LIST

- ☑ _____
- ☐ _____
- ☐ _____
- ☐ _____
- ☐ _____
- ☐ _____
- ☐ _____
- ☐ _____

IMPORTANT:

NOTES:

_____
_____
_____
_____
_____
_____
_____
_____
_____
_____
_____
_____

DATE: _____

Weekly Planner

MONDAY

TUESDAY

WEDNESDAY

THURSDAY

FRIDAY

SATURDAY

SUNDAY

TO DO LIST

- ☑ _____
- ☐ _____
- ☐ _____
- ☐ _____
- ☐ _____
- ☐ _____
- ☐ _____
- ☐ _____

IMPORTANT:

NOTES:

Weekly Planner

DATE:

MONDAY

TUESDAY

WEDNESDAY

THURSDAY

FRIDAY

SATURDAY

SUNDAY

TO DO LIST

- ☑ _____
- ☐ _____
- ☐ _____
- ☐ _____
- ☐ _____
- ☐ _____
- ☐ _____
- ☐ _____

IMPORTANT:

NOTES:

DATE: _____

Weekly Planner

MONDAY

TUESDAY

WEDNESDAY

THURSDAY

FRIDAY

SATURDAY

SUNDAY

TO DO LIST

- ☑ _____
- ☐ _____
- ☐ _____
- ☐ _____
- ☐ _____
- ☐ _____
- ☐ _____
- ☐ _____

IMPORTANT:

NOTES:

_____
_____
_____
_____
_____
_____
_____
_____
_____
_____
_____

DATE: _____

Weekly Planner

MONDAY

TUESDAY

WEDNESDAY

THURSDAY

FRIDAY

SATURDAY

SUNDAY

TO DO LIST

- ☑ _____
- ☐ _____
- ☐ _____
- ☐ _____
- ☐ _____
- ☐ _____
- ☐ _____
- ☐ _____

IMPORTANT:

NOTES:

Weekly Planner

DATE: _____

MONDAY

TUESDAY

WEDNESDAY

THURSDAY

FRIDAY

SATURDAY

SUNDAY

TO DO LIST

- ☑ _____
- ☐ _____
- ☐ _____
- ☐ _____
- ☐ _____
- ☐ _____
- ☐ _____
- ☐ _____

IMPORTANT:

NOTES:

Weekly Planner

DATE: _____

MONDAY

TUESDAY

WEDNESDAY

THURSDAY

FRIDAY

SATURDAY

SUNDAY

TO DO LIST

- ☑ _____
- ☐ _____
- ☐ _____
- ☐ _____
- ☐ _____
- ☐ _____
- ☐ _____
- ☐ _____

IMPORTANT:

NOTES:

DATE: _____

Weekly Planner

MONDAY

TUESDAY

WEDNESDAY

THURSDAY

FRIDAY

SATURDAY

SUNDAY

TO DO LIST

☑ _____
☐ _____
☐ _____
☐ _____
☐ _____
☐ _____
☐ _____
☐ _____

IMPORTANT:

NOTES:

_____
_____
_____
_____
_____
_____
_____
_____
_____
_____
_____

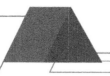

Weekly Planner

DATE: _____

MONDAY

TUESDAY

WEDNESDAY

THURSDAY

FRIDAY

SATURDAY

SUNDAY

TO DO LIST

- ☑ _____
- ☐ _____
- ☐ _____
- ☐ _____
- ☐ _____
- ☐ _____
- ☐ _____
- ☐ _____

IMPORTANT:

NOTES:

Weekly Planner

DATE: _____

MONDAY

TUESDAY

WEDNESDAY

THURSDAY

FRIDAY

SATURDAY

SUNDAY

<u>TO DO LIST</u>

- ☑ _____
- ☐ _____
- ☐ _____
- ☐ _____
- ☐ _____
- ☐ _____
- ☐ _____
- ☐ _____

IMPORTANT:

<u>NOTES:</u>

DATE: _____

 Weekly Planner

MONDAY

TUESDAY

WEDNESDAY

THURSDAY

FRIDAY

SATURDAY

SUNDAY

TO DO LIST

☑ _____
☐ _____
☐ _____
☐ _____
☐ _____
☐ _____
☐ _____
☐ _____

IMPORTANT:

NOTES:

_____
_____
_____
_____
_____
_____
_____
_____
_____
_____
_____
_____

Weekly Planner

DATE: _____

MONDAY

TUESDAY

WEDNESDAY

THURSDAY

FRIDAY

SATURDAY

SUNDAY

TO DO LIST

- ☑ _____
- ☐ _____
- ☐ _____
- ☐ _____
- ☐ _____
- ☐ _____
- ☐ _____
- ☐ _____

IMPORTANT:

NOTES:

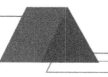

Weekly Planner

DATE: _____

MONDAY

TUESDAY

WEDNESDAY

THURSDAY

FRIDAY

SATURDAY

SUNDAY

TO DO LIST

- ☑ _____
- ☐ _____
- ☐ _____
- ☐ _____
- ☐ _____
- ☐ _____
- ☐ _____
- ☐ _____

IMPORTANT:

NOTES:

_____
_____
_____
_____
_____
_____
_____
_____
_____
_____
_____

Weekly Planner

DATE:

MONDAY

TUESDAY

WEDNESDAY

THURSDAY

FRIDAY

SATURDAY

SUNDAY

TO DO LIST

- ☑ _____
- ☐ _____
- ☐ _____
- ☐ _____
- ☐ _____
- ☐ _____
- ☐ _____
- ☐ _____

IMPORTANT:

NOTES:

Weekly Planner

MONDAY

TUESDAY

WEDNESDAY

THURSDAY

FRIDAY

SATURDAY

SUNDAY

TO DO LIST

- [x] _____
- [ ] _____
- [ ] _____
- [ ] _____
- [ ] _____
- [ ] _____
- [ ] _____
- [ ] _____

IMPORTANT:

NOTES:

DATE: _____

Weekly Planner

MONDAY

TUESDAY

WEDNESDAY

THURSDAY

FRIDAY

SATURDAY

SUNDAY

TO DO LIST

- [x] _____
- [ ] _____
- [ ] _____
- [ ] _____
- [ ] _____
- [ ] _____
- [ ] _____
- [ ] _____

IMPORTANT:

NOTES:

Made in the USA
Monee, IL
07 February 2022

90902295R00063